大风过 后

选择 沉默

李福坚 著

长江出版传媒 长江文艺出版社

李福坚

壮族，广东连山人。作品见于《诗刊》《星星》《诗歌月刊》《诗选刊》《作品》《安徽文学》等刊物。出版诗集《那年的风景》、散文集《美丽的山花》。获中华杯全国诗赛一等奖、周庄杯全球华语诗歌奖、曹植诗歌奖等文学奖项。

目　录

辑二　这辈子学会弹琴

辑三　爬在山坡上瞭望

辑四　飘走的那一片云

辑一

原谅我把爱带走

转　换

天空涂着颜色，要下一场大雨
一场雨，辟出多大的世界

风吹过后，翅膀干净了一点
我担心自己，在风中变轻
债务变重

人世间，生与死
都有暗示——
吹笛、唱歌，都是别离
看病、打针，吊着绳索
把日子修成枝叶，获得重生

天犹豫了，变成灰暗
窃贼，契合，转为好人

无法推断，埋伏在森林里的飞虫
是否给我睡醒的花蕊喘息

在大风坑

在大风坑，没被风刮倒
反而遇见了青山气息
和嶙峋的怪石

我们像一只蚂蚁
穿行石头的热度
迷恋一条河的清泉
沉下水底，与一群鱼儿亲吻

它信任水中优雅的影子
信任石头的思想
一生托付给河水的符号

在河水中嬉戏两个小时
当我捡起身子凉意的部分
却无法捡起鱼儿暖和的一生

一个人走

在混沌的时光，脚底柔软
我习惯一个人走，磨合脚指头

走过河流，越过山巅
与魔鬼豹狼对话
与蛇鼠跳舞恋爱

路上，吓死有毒的野果
安葬了几只偷吃粮草的野猪
踩出的蚯蚓，腾云驾雾
所抵达之处都是浮云

累了，停下来去追梦
等待暴雨雷电
等待乌云发光
等待土地长出一双翅膀

我飞上树杈发芽

打　滑

不知道，是老脚的枯裂
还是旧梯的变质

悬崖上的雷声轰鸣
骨头也踉跄地滑入地狱

大地狂躁起伏
像一把匕首
用力推开沉睡的伤口
脚趾留下羞愧的战栗

夜雾太可怕了
虚空一场
也可以让人打滑翻墙
成为一只龟缩的虫

变　脸

无法改变命运
搜寻的目光
穿透着一场风暴

在异乡为何不躲藏起来
直至冷夜
也看不清迷惘

不是牵手救赎
而是魔鬼的庙宇

左手抚慰，右手洗涤
饥荒的时辰
就是落叶的蜕变

诺　言

人生，像爬树一样
从枝头，爬到枝尾

不懂撒娇
发现真的老了

白天做梦
分不清灯红酒绿
晚上吹笛
引来太平洋的风

一不小心，刮成枯井
唇边，许下的诺言
再也无法沸腾

剥　离

是不情愿看见的
嘴上的闪电没半点反光

一块黑布，遮挡着容颜
到底是神是鬼
泼下的脏水不踏实

日子就这样折秤
没有重量
爱她的人，轻飘如烟

沃土，一点一点被剥离
留下惧怕与疼痛

旧日历

雷声嘶吼
脚底，被震荡断裂
我惊讶，又是一个轮回

越来越害怕
天上沮丧的乌云
偷走墙壁
悬挂的一幅旧日历

也说不准
一场虚荣的暴雨
朝头顶袭来，洗净我的老骨头

红月亮

凭借橘红的脸儿
守寡了一个半世纪

在天际，鸟瞰人间
融化了一片残雪

遮掩脸颊的守护
灼伤了人世的烟火
随云逐月去遇见
已等到古稀之年

用陈酿 152 年的老酒
与你共饮长河
在冷峻的午夜
请把心头的灰尘扫走

浪 声

天边，降落的梦
惊醒了瞌睡的小鸟

一双双翅膀，在寒夜里翱翔
穿越云雾——
焊接在江心岛

雨夜，稀疏的句子
撕破了游荡的刀子

我涂改了一下
北江就不需要朗诵者的过滤
林荫小道，就没有拥挤

我们一起歌唱
唯有大山飞来的一只鸟
它的歌喉沙哑
吼不出尖叫的浪声

旧梦回收

这些年，老是做梦
陈年旧事的老梦

梦见了爱，却得不到爱
梦见了死，又死而复生
没有猜想的谜底

虚空的情缘，死在肌体里
如一把断魂刀，千疮百孔

黑夜，被飙风卷走
睡在戈壁上

当月亮爬入窗口
照亮一道缝隙
我猛然惊醒，把旧梦收回

遗　憾

黑夜，如涂色的墨水

树林的豹子，长出了皱纹
我无法找到你
熟睡的云

什么时候
天空放下了光环
当我拉开窗帘，已飘荡天际

或许今生
奔跑得很累
遗憾在大雪封山之前
我忘了，给你披上暖气的外衣

枯

不想虚构，这暗淡的结论

是夕阳的风干
滑落的火焰
压住它，那么的消瘦

是丛林的云朵，吞噬它
光溜溜的树枝

不，没有看见抽泣
没有被一座山冷落
没有被母亲舍弃

它抚摸着季节的风
孕育着轻盈的花瓣

来不及告诉时光

远离泥土太久就这样老了
来不及告诉时光

那些年，在树林走失
成为失魂落魄的野牛
在晨曦升起
与淘气的野兔欢腾跳跃

我把捡到的蝉蜕
和装满箩筐的野果
钓不完的鱼虾
放在胎记里

如今，赤裸尘世的身子
露出松散的骨头

我挂失了稻谷、粮田
等待着黄昏的到来

落　叶

如果喜欢落叶，就让它落吧
寻个有风的地方
就让它飘逸吧

我是迎接落叶的大臣
捡走杂乱无章的野草

遮住泥土飘扬的沙尘
不会掩饰孤独的山脉

当大地，蜕变成金色的海洋
踩着踢踏作响的叶子

就是腾出的爱
请记住，留一片叶子给我

怕　风

从树头，吹到树梢
都是刮伤的冷风

树上的叶子，飘荡游离
散落在干涸的土地上

村口的夕阳
不再惦记色彩的斑斓
与落叶灼伤的光阴

每一个毛孔
都发出夜风飒飒的尖叫
一颗遗失的心
草木也呜咽

冷风，躲在空地的草丛里
怕刮倒我单薄的母亲

失 忆

以前没有发现这种现象
酒后，什么都记不清楚了

回家路上
那一支发酵的老窖
不知送给星球哪个兄弟了
迷离的幻觉，至今也记不清楚

人老成朽木，天也跟着老
前额的发丝，跟着打起盹来
亲吻的往事，大地变色

来时的柔情，没有鲜花
土地，左边甜蜜右边悲伤
得罪的恶人，又变成好人

最后，记得的是一件丑事
在长河中划痕

过　期

抬头仰望，又是寒夜
没有预警的日子
云彩都已过期

移走了星辰
车轮碾过的风
也划开路人的身子

荒诞——
像落日的炉膛
吞噬了，一群墓碑

死 结

不知道什么时候
拧紧的死结
直到锈迹斑斑，也无法打开

我开始揣摩人生，预测世界
甚至，怀疑尘世
砸死了玫瑰

捆绑的词组，是多余的
让死结，去饥饿
让透明，去断肠

内心的荡漾
就会轻松地好起来

吻　别

轻轻与你吻别
把泪水收回
我无力截停时光温暖心海

夕阳下，孤影落泪
又是一个长夜

村口，没有月光
稻草人，被鼾声惊醒
或许是，最后的祝福

夜色中，烟雾飘散了
虫鸣，吟唱消失了
伴随风的影子，走吧

厌 烦

遇见的，本以为美好
没想到
彩虹划过头顶也有不祥

村里的狗，尖叫不停
妇人的脸
如暮色里的一条痕

她们双眼，罩着血丝
遇见的，都是落日

一滴泪，为谁而流

不要哭了——
一滴泪，为谁而流

树杈，结霜
风景，失神

来世的缘分
像分叉的头发，带着色调

不是你的，不要信手拈来
若是你的，请擦掉眼泪

栅栏破了
在夕阳的山边接纳

只想留下一朵开花的玫瑰

是支付不够
打着寒噤的刀光

黑夜，抽走了肉身上的雨丝
活在云雾上
醒来，才知道痴心妄想

你像夕阳，红得滴血
又像燃烧的烈火
烧伤我缺钙的骨骼

如果时光的追捕慢一些
我会俯下身去
打开窗户贪婪多情的温柔

我的肌肤，吸入麻醉剂
不怕烧伤，不畏刺痛
直到老牛哀伤精疲力竭

尽管枯草老去
只想留下一朵开花的玫瑰
在人间，惊艳芳香

原　谅

一转身，就是一百八十度
无法捕捉到影子

秋天，叶子少了一半
风带走了一半
草遮掩了一半

手上的篮子空空的
躲在暮色里，也是一样

我无法原谅这个季节
帮不了树上的一只鸟

钟　声

嘀嗒，嘀嗒
墙外的钟声，摇晃得发烧

浪漫——
而动听

旋转的音符，想和它一起合奏

没等我准备
不觉间，像走夜路的风
消失得无影无踪

虫

那年的夏天
在蟋蟀面前，让出一条爱路

土壤，唧唧吱吱
却不给筑巢繁衍

我像一只落选的虫
微弱的羽毛
掩不住泪花

你没来，我是携着尾巴走的

丢失的钥匙

一片叶子，落下来
让人迷惘
伤了风的音符
最美花蕊也不耐磨

一条狭窄的路，踩下泥泞
或爆裂声
没有因果，无需怜悯

人走在一起，都是游戏
人间戏剧，无舞台
那就，随风唱吧

等天亮时，如有重逢
捡起被丢失的钥匙，好好安放

丑男人

丑男人生来矮小，瘦弱
像一块煮熟的豆腐

认命时，也有快感
抛弃外界的鄙视

点一支香烟，喝一壶酒
留个半醉半醒

评上"酒鬼"的美誉
战绩，在泥坑中爬起来
伤疤是我的塑像

结　局

知道这个结果
就不必看下一场戏的开头
为什么偏偏固执地坚持下去

坐在低矮的黄昏
一根肋骨，能撑起一个地球吗

流言的喷洒，如雪花一样飘逸
无法在黄河里洗净翻涌的尘土

冬天本来就寒冷
又被寒风，掏空了岩洞
在丢失的角落，扮演丢失的一场戏

以绝望的方式，告慰绝望
大地没留下一条绿色通道
遗漏的，就这样熄灭了

辑二

这辈子学会弹琴

那一年

那一年，我们才十八岁
穿着打补丁的衣裳
从晨曦升起的山冈上爬起来

听树林鸟鸣，追田野蝴蝶
坐在草垛上，仰望野花
风一吹，就吹过几十载

我们伏在时光上洗净头脸
握个手，记下沉默的名字
干一杯，怒放淹没的脸颊

卷起的浪，就让浪声欢歌
我们在乡下捡回消散的云朵
我们在高山溢出冥想的明月

秘 密

有什么可以深藏的
潮湿的脚印，早就干涸了
雾散了，故事也散了

封存的秘密，蚂蚁才知道
脸上的雨滴，月亮已抹去

不必猜疑与探寻
身上，没有挖掘的伤口

我的血液，已彻底消毒
由黄昏过滤成子夜

请原谅，匆匆的过客
撑着一把旧伞，去遮风挡雨

这辈子

这辈子算不算幸福
爱过心跳的月光——
拥抱牛蛙的鸣叫

这辈子有几个心爱的美人
都是春天赠给的

几朵不凋零的鲜花
留下余香是幸福的

这辈子学会吹笛，弹琴
唤醒了大山，唤回了野牛
把小溪歌唱

所做的一切都是幸福的
没踏死过一根野草

半醉半醒

有些事，没必要澄明
有些脸，不需要镜子

它会发光的
有时，也会变黑

甚至，给你致命的刀锋
戳得千疮百孔

人呀！鬼呀！
半醉半醒——
留一个红灯，留一条匝道

尺　子

白天、黑夜——
从哪里算起

时光的脚印，沾满杂物

如何丈量，脚边的野草
疲软的卷尺，不明方向

我想让双脚，放个假
杂草就多了
路面就狭窄了

怎么衡量
没有刻度的尺子
以前没上过这堂公开课

悼念岁月

羽毛，埋在大山
泛黄的色彩，蒙上了尘埃

村落，被夕阳掠走
焦土，长不出庄稼

烧下淡黄的纸钱
因为，要祈祷

让云朵，丰盈一些
让叶子，光亮一些

尽管流逝
也要捡回飘零的叶子
然后，深情悼念

路　口

站在，迷茫的路口
与风一起疯跑

在寒风中抖动的泥土
击沉了一千次灵魂

经过一夜的惶恐，挣脱
整理烧伤的枯枝
她，终于安静下来

擦拭着跳动的眼眸
与枝丫上摇摆的月亮

蹲在灶膛的人

守望着生命之门
她把枯枝，扔进灶膛

焰火笑出了战栗
蜷曲的身影，手持吹筒
空寂的夜空，流淌火光

屋檐上的清风
与烟囱的容颜
孵化千年的种子

蹲在灶膛的人
截停了，无声的脚步
灰暗的肉身暖暖的

赶　路

在路上，还要赶路
写完杂乱无章的句子

尽管，不是那么优雅
也要在夜里，挑灯加油

一盏微弱的灯
即使被冷风
吹得摇晃
也要在灯罩上透透气
捕捉一下，徘徊的飞虫

然后，睁开眼睛
沉默地看看
地球，是否正常
露珠，是否坠落

跟着时光走

人生太短暂
猛一抬头，游荡了几十年的光阴

从大山爬出来，又从街头摔倒
惊讶自己
还有点零乱的念想

带上一副夹鼻眼镜
冒充上个世纪的知识分子
写出令人嗤笑的诗句

虽然进入老树角色
但树根仍然坚忍
不至于被寄生虫侵蚀破坏
不至于被黑暗击中而昏厥

跟着时光走
总会抵达彼岸
就算老了，留下干净的足迹
夜里鬼来敲门也不害怕

总有一天，时光也会老去
包括太阳、星星、月亮
包括骨头遮掩的部分

归　宿

时光暗淡，丛林积雪
鸟儿，飞不出森林

蚂蚁，背着一粒粒米饭
不按轨迹盘桓

蝴蝶，捶打发呆的胸脯
蜻蜓，敲击空旷的天空
它们都不知道，路径有多远

一张张，苍白的脸孔
被召回车站，排队买票

天色暗影，灯火未亮
一趟客车，开在站前鸣笛

晒　枪

我没有枪
是昨晚梦里借来的

一支经典霸气的猎枪
悬挂在树杈上
瞄准黑夜里的岔路

我差点忘记把枪收回
翻过几座大山后才记起
枪仍未还给猎人

这片土地，野兽汹涌
庄稼刮着寒冷的风
守墓人醒来
鸟儿含着泪水

我用微弱的身体晒枪
等太阳从晨曦中升起
我也敢剥它的皮
吸它的血

用猎枪喷出的火焰

呐喊黎明

每一个梦

每一个梦，都是乌鸦
飞不出树林

醉人的眼泪
看不见飘浮的山

每一个梦，都是一辆
破败的马车

醒来，又睡着
死了，又复活

没有一个，坍塌的出口

丑　事

这辈子，算不算活个"人样"
别人老是催债
喝了不少的酒，欠下不少的心事

忘了时间，忘了情人
拒绝不该拒绝的约定
恨过不该恨的仇人

虎豹总是在头顶上盘旋
刀锋遥望着肉身

不知道前世做错了什么
老是丑态百出，被人嘲笑

没有人说下一句好话
握住暖气的手
直至今天，风铃从耳边响起
还是傻乎乎地想着过去

密　码

一阵风，把我吹成陌生人
一半清醒，一半入睡

伸手触摸，额角长满了荒草
草丛里藏着密码

布下蛛网，蜘蛛看守

想得到的很容易
在草丛里烧一把火
踢开那块石头，大声呐喊

就会听到，咔哒一声
密码发出了强烈的音节

新的生活

妻子喜欢在秋天买些
鲜美的食物，不是送给夫君的
而是，想方设法为女儿
炮制点好吃的粮食

我也期待一场及时雨
妻子把家底晒出来
换成鸡鸭鱼虾透明的能量

这些年，生活有重有轻
我家缺水，掌心干裂

妻子说，放心滋补
秋天也有廉价的粮食
一股清香，沁人心脾

我嗯了一下，发出甜腻的声音
仿佛又翻开新的生活

不要把我推向悬崖

这些年，恍恍惚惚
耳鸣目眩
听了不少音乐
未能，唱好一首山歌

瞬间，鹤发长满山巅
还有什么贪婪呢
睫毛，越来越稀疏
不想让时光知道

上半场，走完了半个山坡
下半场，凭票入场多做贡献

给农贸市场买些白菜
给医院带个社保卡

属于没有恶意的账目、清单
就得统一带走偿还

路费贵，还得继续攀爬
我无法掌控，弯曲的路径

不要把我推向悬崖

伤害种下的花儿

一起放歌

我老了，就踩着夕阳
守住村口的山坡

有人来喊，估计是恋人
上辈子欠下说不清的债
或许到期
需要结算清单

如果是兄弟，好友
我就与他醉酒拥抱

不再走弯路踩死蚂蚁
伤害大地
遮掩骨头

直至，把山坡上的乌鸦请来
一起放歌

酒　神

瓶子飞出来，能吞噬整片森林

撕掉凌乱的云雾
不要嘲讽冷笑
飞越云霄，月亮出来迎接

别说摇摇晃晃
锁住混沌的世界
锁匠来了，也无法解密

躲藏在后面的鬼，也得让路

她就是酒神，一个跳动的名字
舌尖，伸向天空

醉酒的人

珍藏的液体火鸟仍在沉睡
他就不会染上风寒

上了锁的酒，不漏风
他就不会扔东西，砸地球

一壶酒，失眠了
冒出雾气
也能袭击路人

这辈子，欠下酒缘
岔路而行，也遇见醉酒的人

他老是说着梦话：干一杯
醉一回
摇摇晃晃的，劈头盖脸的

将答案交给了时光

瞭望，渐远的背影
倦鸟脸颊的老茧
在静夜，刺痛了胸腔

在荒野前行
走过汹涌的枪口
如蝼蚁一样
没有生死的契约，无力挽回

将答案交给了时光
让苍茫虚掩起来
驱走刽子手，埋葬祭奠的脚步
偿还春天的艳舞

只要梦，还醒来
送上一朵玫瑰
流淌的画卷就不会老去

稻草人

爬起来，我是稻草人
在夕阳下山之前
任性，捣蛋

把稻草，背回家喂牛
或铺垫床上
日子暖和起来

冬夜的火星，就会长高
月亮就会固守村庄

如今，我依然是稻草人
稻草绊倒的脚印
长成白色的蘑菇

拥　抱

月亮底下，穿越你的身体
走得如此迅速

我磨破脚趾
也无法，找到你的宫殿

在静美的地方
我收藏了一棵红枫
为你许愿、祈祷

为什么？砸下的叶子
总是使我——
丧失力量去拥抱

枯草披上外衣

风驰电掣，暴雨洗涤
涂改着春天的栅栏

这个春天
枯草披上外衣
空气涂上颜色
涂改着浑浊的骨架

一只喜鹊，鸣叫
沉默的出入口，灼热起来

一颗心，万种呼唤
旗帜下
星辰总会发光的

厉　害

在大山摇晃
野草咧嘴私语

我培育的月亮，坠落悬崖

今夜，唯有酒光闪烁
擦亮酡红的脸

从悬崖爬上来
有人惊讶地说我厉害

凭借枯枝，把豹狼劈死

原　路

无须去想
若干年之后
想必，原路归来

我为你准备一道霞光
开启一道闸门
就会轻易抵达第二道闸门

踩下的脚印不许涂改
路是弯曲的
走多了，路会直起来

前面是一片蓝天
白云陪伴前行
按原路走下去吧

用一坛米酒押韵

这一天，阳光温厚
端坐在太和古洞
托起石头入睡
绮梦，被仁慈的山泉点破

它知道我的一片虔诚
要去供奉飞来寺

那是一个安静的天空
收起颜色，储存善良
等来世，择好良辰吉日
就可以登上月亮

这一天，北江红旗飘扬
旗底，扮演水手
浪漫的色调，总有仪式感

我也躁动起来
掌控舵盘
撩起绿浪，与太阳较劲
与风转弯，向着信仰

这一天，在透明的北江洗手
又被秋风唤回

在书房发芽
修剪睫毛，塑形整冠

用一坛米酒押韵
拨亮诗句
在欢畅的日子让文化脱贫

住　夜

多少年过去了
夕光散了，大山空了

住夜，仍在耳鼓里徘徊缠绕
惊醒季节的寒流

那些年
没有炫耀的夜光
翻越几座山头，去住夜
如漏风的鸟，包扎的云

晚上，蹲在灶头说梦话
吸入嘴是烟，吐出嘴是雾

住夜，是幸福的
至少，不给豺狼凄怆

容纳住夜的人，是善良的
证明这块土地是淳朴的

困　惑

接近黄昏
总有一些冷风
总有一些事让你糊涂
总有一只狗让你厌烦

想早睡，就是叫你早醒
时间不在你手心操控

走过混沌的土地
秋天的玫瑰也误解

我想一脚踢开瞌睡的世界
又怕狗群拼命地狂叫

不给我一草一木
流放到太平洋

辑三 爬在山坡上瞭望

答　案

这些年，常去山巅修剪
一下杂乱的心境

冷风，拦住我的腰身
发霉的骨骼不听摇晃

我升起万般的温度
让身体沸腾
趁着猛虎熟睡
聆听鸟群的啼笑

如果在石头里找出答案
野牛身上的翅膀就没有困惑

我愿意用身子作抵押
换取发芽的青山
谁知天黑了，土地也黑了

想等的爱

漫过寂静的密林
仿佛看见暗影在穿行

不知是不是你的影子
自从飞出鸟笼后
或许飞得很远

不然，在树杈遗落的花瓣
怎么睡得如此的冰凉

秋风开始刮了
你就跟着云朵飞回吧
它不会收拢翅膀的

我给你一山森林好吗
接受绿叶的到达

那面镜子

照了几十年，还是那面镜子

瞌睡的容颜麻木了
飞走的笑声飞走了
崩溃的肉身也崩溃了

有部分皱纹是照不到的
它在隐蔽处，会逃离的

只有分辨好，灵与肉
虚与实，镜子总会发光的

不必去澄清，发霉的镜子
有一天，镜子砸碎了
什么事儿也清楚了

仇　人

一想到仇人，就心生畏惧
像一只受惊吓的野兔

一把利剑，尖刺在胸口
世界潜伏着敌人
暴徒追踪着空气

我把身体的皮肉
囚禁起来
甩出的空刀，跳着舞

一刹那，仇人也溢出慈祥的部分

想念村庄

人越老，越想念村庄
想念那些野兔，苦菜，艾草
与溪边走失的乌龟

想念戴斗笠，披棕衣
扑腾的村民
想念叉泥鳅、挖黄鳝的小伙
想念看风识雨、泛起涟漪的村民

想念晒谷地堂，鸡啼，狗吠
惊落离愁的虫鸣

想念村口那棵千年的枫树
被烟火罩住体温
长出灰色的枝条

想念暮色中暗下来的手臂
耕地育种，灌溉施肥
对着锄头、铁锹咳嗽

一个个守望者

瓜瓢舀水的乡亲
伸手握住甜蜜的种子
穿越夜空
大地的胸脯长出了枝芽

辽 阔

世界这么大，去哪里寻找
飞走前没掉落一根羽毛
没留下一丝芳香

这些年过去了
不见飞回来

飞走时，翅膀是红色的
至今，像飘散的雨
泪眼蒙眬，什么也记不清了

我摇过最美的一棵梧桐树
摇来摇去
飘下的都是一片残叶
从那时起，知道摇它也没有用

错 怪

想要的，全都给你了
前世欠下的债
今世还清了

还有什么东西
需要缝补呢？
你嘴里，塞满乌云
不许牙龈下，一只虫子飞走

世界像亏欠似的
包括那片，忧伤的土地

刀尖上的雨

云不散，雾不来
今夜，又下了一场雨

滴答，滴答——
听到雨声，心就宽了

像无数双娇嫩的手
触摸奔跑的肉体

我拽住雨丝，不让它走
谁知，刀尖上的雨
也能发出柔情的光

弱　视

身露锋刃，不敢泼墨
在草地、沙漠上奔腾
早已，超越野狼、虎豹

不知怎样描述，才合适
你的瞳孔，潜伏弱视

只能看见奔跑的河流
与哭泣的墓地

错过了这个季节
眼神，就看不见光线
失去颜色，冰消雪化

交出善意吧
你没有资格鸟瞰大地
像暮色，赶回栏中的羔羊

请唤我的名字

1

摇曳的身影，袒露着肋骨
在眼皮底下呜咽

爬在山坡上瞭望
高楼苍茫，山寨矮小
风把头发揉成蓬草
梦啃着夜的冰凉

在旧日历上看春晖
却不见晨曦
把枯坐的心收集整理
过期的邮票，载向何方

2

时钟，不需要照顾
当瓦楞炊烟升起
栅栏端着喘息

风涛震撼着骨头

用发丝撩拨潮湿的大地

也无法驯服这个雨季

期望的双眸

不停地撕开夜色的网

3

很想把大山的狭口劈个洞

把褪色的时光赶走

往后就不会迷路

很想飞往天际

看一看云彩的飘逸

是不是天高云淡

很想伏在高楼上听梦呓

可惜羽毛被溅落的尘土锁住

挣扎了一下，又归惊惶

遣散的蝴蝶

在荒芜的村落里发呆

夜雾才知道

风吹物走飘来飘去

4

从草尖滑过的风
唯独冰凉的大山吹不走
光秃秃的树
与草垛沉默低语

谁能给我一双翅膀
空山就不再多梦
冷风就不再疼痛

迷雾醒来——
如能驶出季节
村庄的梧桐树定能开花
如果是真的，请唤我的名字

故乡离我越来越远

用发抖的手托起疲劳的卷尺
丈量故乡
故乡似乎离我越来越远

何用公里计
何用毫米计
时光的速度蜷缩在暗夜的跑道上
一千公里，一万公里，万万公里

故乡哦，云雾飘散了吗
路边的"鸡黑子"还在吗

草籽下的蚯蚓，怎么不横出路面
熟悉的不熟悉了，陌生的死去了

我的脚指头
越来越锈迹斑斑
不知何年何月才能走完故乡的路
谁能帮我丈量一下
路有多远多长

我怕遇见布谷鸟

以及黑夜里的豺狼

它的叫声，让我离家越来越远

越来越像回不了家

等到雨天霹雳，大地回收

或许是接纳最美好的良辰吉日

包括灵魂的墓地

黄昏的味道

谁剥开夜的两肋
向大地敲门
惊吓了风中纳凉的禽兽

它们丢三落四地加快步子
燕子归巢，树木入睡

沾满泥巴的脚，来不及逃脱
等待着拖拉机的运载

时间不多了
薄弱的眼神
不必过早分享黄昏的味道

温　度

抹去脸上的风
腰杆，直了起来
容纳一座山峰

拖出裂开的砖头
筑起来
庄稼也有温度

我眺望
瞳孔里飞翔的光
击败了，顽石的绊倒

记　号

走的人，都走了
今天，不再挽留

前世相识的人多了
库存空间少了

地窖塌方了
秘密也少了

剩下一张透明的白纸
留点余生遇见的人

烙上坚实的记号
不让灰尘占据太多

告　急

鸟，从头顶飞过
没告诉什么

脑海翻滚，心潮起伏
好像失去了什么

阳台飘下的旧衣
来不及洗净
麻雀，又被风卷走

土地干涸、荒废
得不到灌溉、润泽
农夫告急，施肥下药

我备好酒水

如果有一天遇见
请不要收回影子

不要在天边
折断翅膀
不要敲响灰色的夜

你知道吗
一个人疯唱，一个人独舞
天地也啜泣千回

问过春天——
你就来亲吻吧

我备好酒水，扔掉寒流
治愈腐烂的桃花

单　调

从高山走下来
坚持搬石头运泥巴
挣些钱，清点柴米油盐

不奢望什么
只求三餐一宿

就算夜雾拨长发丝
偶尔余空也得漫步夕阳
聆听池塘蛙鸣
期盼一轮皓月

尽管生活枯乏单调
舌尖嚼不出辣味
但我平生还是热爱

火　焰

今夜，不停地等待
抬头看见
红红的火焰

不再害怕旷野的冷风了
骨头穿过浪漫的火焰
更坚韧了

不会烧死的
那火焰
是前世的亲人

请接纳火焰吧
让余留的火光烧尽

怎么舍得离开

像飞鸟一样
飞向村寨交叉路口
我是陌生的故乡人
徘徊，问路

其实，并不陌生
珍藏二十年的情怀
给我们止渴

我们来了，又怎么舍得离开
稻浪翻滚，必须向前

万奇村还有一块空地
古树山风还在这里微笑

小溪金石，鱼虾鸣笛
我们一起放歌黎明

爱竹村湖光潋滟
鱼儿当一回模特

何时再静心回首

留下山风

留下飞鸟

归 巢

路不远了
被鸟声叫醒
我就知道爱上了一片森林

风停了，会很快抵达
卸下外衣，会看得更远一些

鸡在啄食，狗在摇尾
它们整装列队来欢迎

有泥土、有庄稼的人
都是被母亲唠叨过的

天上的浮云
别装作入睡吧
溅下的雨滴——
是故乡的，也是我的

当鞭炮纸溅起

踩着白云，双脚柔软
我看见鸟的眼神
月光，拴住的门牌

撩拨久违的心弦
饮下贮藏千年的老酒
用脸上的红晕
驱赶狭隘的寒流

当鞭炮纸溅起
我燃起了血脉，听到了乡音
我闻着芬芳，睡在黄土地上

野芒花

黄土地上，到处白茫茫
凛冽的风，吹响季节的苍凉

柔软的身姿，飘逸的白发
将与大地吻别
浪漫被割走

不要流泪，交给秋风吧
编织好灵魂的光芒

用一根绳子，绑扎好故事
扫净，天空一轮皎月

夜

黎明叩窗，烟霞升腾
看不见瘦马的面孔

到底，夜有多长
用百度搜索，导航引路
只看见，昏暗的星月

我疯狂。我冷静。我拥抱。
我用一山森林
一片叶子，作隐喻
从大地上，捡起灵魂的疼

疼 痛

玫瑰，正在盛开
没有摘上一朵

在灵魂，与暗夜之间
被一支箭，射入胸膛

幸好遇见太阳
把肉身解冻
伤口的烟雾
不至于一塌糊涂

尽管空无、寂寥
一声春雷，野草翻新
这一刻，几乎忘记了疼痛

野花温柔了一半

野花，不知为谁盛开
一点也不明白
就设置，为秋天而开吧

别说大胆
这需要叶子的应许

不同的边界，不同的野花
就像秋风吹着人类
思想空白，头顶光秃秃的

我看见俊俏的野花打坐
缺少水分
用平生储存的泪珠
去浇灌它，又惊落了花瓣

太阳快下山了
野花温柔了一半
我将它灌醉，分清诱惑

我像被时光亏欠似的

打完酱油，抓几条鱼虾
吃盘红薯、芋头
肚子响呱呱
吹着口哨，流着鼻涕

还能返老还童吗
我像被时光亏欠似的

读了半段台词
唱了半场戏剧
故事尚未结尾，时光溜走了

一夜醒来，蒸发到另一座山头
在那里安营扎寨，娶妻育儿

耕我的责任田，种我的蔬菜
收获的果实，老是不够周期

雨　丝

雨丝淅淅沥沥地
敲着窗台，哼我乳名
像走散的恋人

我仿佛看见寥落的村庄
拉着空车的人们
是我亲爱又陌生的乡亲

雨丝不停地飘逸轻笑
穿过黄昏
落在脸颊的深皱

像吞下一壶储存的烈酒
安慰尘霜的流年

辑四　飘走的那一片云

脚　印

在泥土上奔跑的人
都是我们的兄弟

风来了
将晦暗不明的野草掩盖
余下是一片旷野和净土

明天醒来，将房子盖起
抓一把泥土
养活一个故乡

用力踩下脚印
就可以穿越云雾，抵御风浪

病　房

病房里的人来的来，走的走
没有一个拥抱，不说一声再见
喊的，哭的，伤的，装笑的
他住院，我也跟着住院

久睡病床的人走在最低处
像一根风干的禾草昏沉迂腐
恍惚得几乎忘记东南西北

从高处滑落透明的液体接在手心上
企图卷走刀尖上赐予的伤口
他用一滴泪诉说着沙漠的命运
或期待着梦中的一江春水

这条单行线唯一安逸的泪花
没人审视没人偷情
飘过的脚步掳走冰川的鬼神
万物顺着来，风雪撤退了

变形的生日

跟着一匹猎豹奔跑了大半世
早已遗忘了夕阳下的山路

想找回晨光柔和的原点
拥抱春光一丝丝热度

这辈子隐秘了欢欣的时光
刺伤了禁锢的岁月

一秋又一秋丢失了名字
今日，一支蜡烛喊着自己的名字

将沉积泥土的蛋糕煮成火焰
过一下凌乱变形的生日

过　往

从西半球走到东半球
青春是沿着这条山路走来的

不是虚拟的
天上的乌云盯着我

认识的好多兄弟都腾云驾雾了
牙印上的往事、情话
梦呓中的栖生
在大雪来临之前
已将啃过的踪迹覆盖了

我一生垒砌的石墙
也怀疑是假的
至今，无人盘点对证
这个世界瞬间垂头丧气

当我睁开浑浊的双眼
发现珍藏的，遗漏的，绝望的
像文物一样
扔进博物馆里排列
最后，跟着一条长河飞走了

我的一生几乎携带黄昏

人越老越握不住雨，挽不回风
每次刮风都卷上树梢
做梦，抒情，怀念

渴望的土地是幸福的
储蓄的愿望是善良的
有拖拉机和转弯的河流穿过

我几乎不知道别人复制些什么
粘贴在骨头里处处是戈壁险滩

我的一生几乎携带黄昏
来生等待的部分也是虚拟的

沉　陷

风走了，本来可以反弹
弯下腰就会直起来

为什么偏要沉下去
给阳光制造魔法

哪怕戴上墨镜
也遮挡不住坠落的泡沫

人生就像一只蚂蚁
行走在小径中

一不留神，掉下沟壑
被雨水冲洗

风 口

没想到一夜之间，跟着风走
被吹得凋零
是谁，把你夹在风口
向坟墓的地方走去

路边的野花
不是你的，就该收手吧
如果摘了，抖落的花蕊
就得偿还

不要丢失，春天呀！
好让仁慈的蜜蜂来筑巢

病

屋檐，飘下的雨滴
也能让人切肤地痛
老虎身上的虱子
也能消灭人类

不听话的寄生虫
化神似鬼
吸人类的血
越过生锈的机器也不放行

琴弦断了，我愿意投降
双手把枪高高举起

种 子

岁月风干的种子，睡在山坡上
晨曦雨滴为你送行
路过的村庄，漂来漂去

爱你的人
再次端详
泪花早已封存

今日，择好良辰吉日
搬入新房，厚实的纸钱
烧下来世的吉祥

掌心烟雾缭绕
像一只黑蝴蝶飞来飞去
在沃土青山，你一定喜欢的

寂　寥

暴雨下的风尘，遮盖了黄昏
大地寂寥
草木寂寥
野猪寂寥

一把杀猪刀
割走野兽的尾巴
屁股发芽的寂寥

不留野草的飞虫
失去阵地，翅膀也寂寥

过　客

从晨曦走来
为你摘取最美的一朵玫瑰
却不见你

你会在我窗底走过吗
请把飘下的玫瑰接纳
用一只眼，窥探一下

太阳快要下山了
凉风又猛然扑过来
我无法掐死它，玫瑰已带刺
只好把它折叠，埋入尘土

你卸下面具走来吧
绝不会空来空走的

黄昏到来，你撞一下钟
在故乡的近处
我会清晰地听到脚步
我已找到另一把锁匙交给你

这里有最美的玫瑰

有皎洁的月光

可以跳完最后一支舞曲

碎　片

你是旋转的月亮
在月亮底下穿越你的身体
走得如此神速

我磨破了脚趾
也无法找到殿堂

在山坡红枫最美的地方
为你许愿、祈祷
为你照亮被抛弃的天空

为什么砸下的碎片
总是埋在狭路的边缘
使我丧失力量去拥抱

渴　望

鸟，在苍穹飞翔
觅一场盛宴
虎，在地上呼啸，挥着双爪

天空，与大地
舞动不同的星辰
它们都为熬夜而寻欢

而我，心无闪电
泥巴上的脚偏瘦，趔趄

渴望的，是晚归的雨
赤脚走过的故乡

裂　口

路上，染上寒风
不知，如何追逐浮云

前身铺垫平庸，后身托起皱纹

还有什么絮叨、怨言
拔腿舍弃清溪
收拾雨滴

琴声上的鬼
恍惚之中将她卷入裂口

下 雪

每次下雪，都没能感动人
伏在镜框，打一个滚
瘫软在地

它捆住囚笼，剖开穷人的腰带

雪未下来
荒野风吹草动
也惊扰了密集的目光

妇人的脸变冷
村庄，被妖风包裹

墙

视野，被蚂蚁挡住
我失去耐心地辩认
踩下一条暗河，跟石头说话

还有什么力量
去探险月球

把我分隔在太平洋之外
采撷的亮光，如此霸道

当我抬头
看见凌乱的森林
野草忍不住偷偷地疯笑

合　唱

一个烟棍，一个酒鬼
前世的恋曲
醉生梦死地放歌

锁不住的酒，濯洗微醺的眼神
戒不掉的烟，嗅断时光的砖头

酒杯与烟雾，复制着命运
风尘与尖刀，救赎着肉身

收　留

被车轮碾碎的粉末
无力去挽回

人间承载的爱，被风雨剥蚀
骨头、血液、头发都改制

这片栖息的土地
没人哺育和耕种

勒上印痕的树木
哀歌鸣笛
他们在雨夜
做最后的一次收留

碎　瓶

此生迷茫，彷徨
不为人知
我把青春安放蜡烛上

远游的蓝天、彩虹
都不是真心所欲的
星辰，不复柔情之美

我站在时光的空白处
被疯子遮蔽了眼泪

教我学会珍惜与弃权
学会放胆握着一只碎瓶

装不了玫瑰
扔到一边去

虚　空

脑海悬浮的云，一片混沌
飞弹炸出来的爱，撕碎纸片

土地，膨胀了
河流，忘了源头

就算流淌闪烁的光，一切皆为虚空

雪 花

雪花，又露出了脸色

飘逸的雪花
剖开鸟的心脏
纳凉了父亲的咳嗽

我头顶上合唱的雪花，蓬头垢面
我肉身上奔跑的雪花，衣冠楚楚

遗失的墓地

如果时光倒流一千年
那穴遗失的墓地
不会丢失天堂的颜色
阴曹地府不会增添乡愁

谁封锁了云端的方向
割断荒芜的血脉——
祭奠人，不停地眺望
只见林中鸟儿，隔空对话

只想托福蝉鸣指引
揭开天堂的奥秘，寻回庭院
还原先辈安逸之地

我似乎，闻到野花的芳香
就会知道先辈近在咫尺
我骑上骏马，去赎罪
相信先辈，不会错怪我的

影 子

它总是喜欢
跑在我的前面
左摇右晃，高人半截

它总是蛰伏一角
忽暗忽明地寻找机缘

跟踪是它的本领
蜷缩是它的魔幻

它像训练有素的特工
窃取孤魂

预　兆

头顶坠下灰蒙的颜色
是温柔的预兆

乌鸦，嘎嘎叫个不停
这分明，是阴寒的风烟

村子挣扎的那堵墙
坐在喑哑的暮色里

命运注定，灰茫的坐标
无法在固执的土地
停留太多的疑惑

前方的汽笛，响起来了
淌过荒漠的沙尘就好了

月亮，带她回故乡

站在山脚，仰望山峰
她吐出喃喃私语

怎么也没想到
山巅掉下来的月亮，月圆月满
头顶滚下的头发，也月圆月满

月亮，带她回故乡
她怕月亮失恋，迷途

把藏在水缸里的月亮
捞出来，与乡亲一起拥抱

雨夜的心事

拧开，雨夜的门锁
你就来一趟吧
我会记下你的名字

烟雨的季节来了
你就早点来吧
我看见彩虹朝着窗口划过

如果有缘
把编织的雨衣披在身上
骨头可以重新复活一次

不要远离身体的裂口
走过的脚印
就算早睡的夜
也会看见晨曦的光

心　潮

在北斗星辰，窥探造物主流泪
在群山深处，遇见神的露珠

黄昏来临，它们都失去了方向

当转身挖掉发愣的城墙
搁下阴暗的旧梦
城市忍受了黯淡的虚空

这一刻，我在风中疲惫地醒来
如一张被丢弃的白纸，蜷缩一角

飘走的云

脑海一直闪现，飘走的云
是同一方向的

石头、泥土、沙滩变老
背靠着的枫树林变老
栅栏包围的月亮变老

距离总会使人迷失方向
我开启导航
打开定位，仰天凝望

孤 帆

妈妈。看着微弱之光
天色晦暗了下来
夜里，安静的月光溜走了

我怎样才能拆开笨拙的时光
用最美的语言，作解说词
也无法阻击，撞伤的墙

也无法托起，寒冬割裂的掌心
只好把熬干的泪花珍藏

妈妈。我正在驱逐夜雾
给你一条江河，抵达彼岸

不许决堤。妈妈
蹚过去，前方就是浩瀚的大海

扫　叶

听到嘎吱的风
惊醒了忧郁的树木
飘落了一片片叶子

她默不作声，柔弱的肌肤
舞动着季节的扫帚
收叠起叶子

怎么堵在心口的一块肉
总是像雾霾的天气

双眸，躲着分叉的泪花

纸　船

睁开蒙眬的睡眼
捏来一张白纸
折一条纸船，载着月亮
在河上漂流、打旋

我把白纸摊在手掌
犹如摊开一堵发霉的围墙

先折两头，再缝边角
怎么也折叠不成一艘旧船
最后，捅破了纸

无论怎么费劲冥想
纸船禁锢掌心，狼狈跳跃

纸船未启航
仿佛听见浪声翻腾

月　光

多年后，我担心打开窗子
月光像我这样老去

它递给我的名片，悬在墙上
风一吹，就飘过上空

当屋脊亮起来了
墙角边的犁铧和锄头
也饱满起来

驻足观看：发现月光倾着身子
像母亲坐在轮椅上，一样慈祥

现在，我终于相信月光
也能握住村庄的一片叶子
照亮几棵摇晃的小树

落 花

从姑娘的嘴唇滑下的余香
沉睡在大地上

我似乎闻到泥土上的爱情
释放最后的香味

蝴蝶、蜜蜂竭力地呐喊
是最美的牵挂与归宿

你带走了季节的容颜
你带走了时光的眷恋
你睡在大地上放弃了守望

我捡起最芬芳的一朵珍藏

跋：诗歌，一种内在的力量

　　诗歌，有一种内在的力量。它让人热血沸腾，它是照亮人世间的一束光。诗歌，是一门艺术，可以唱，可以喊，可以寂寥。诗歌，要处理好内在的结构和跳跃，要有开掘性的发现，有独特的视角，要刻画人性，体现生命的意义。

　　诗人谢默斯·希尼说："诗人的重要表白，常常源自他们生命中的危机时刻；以个人和迫切的方式表达出来，这些有关艺术和生活的特殊表达方式变成熟悉的参照点，甚至有可能获得治病救人的力量。"诗像兴奋剂，使人读后产生愉悦畅快的心境。

　　一个人，成了诗人，他的视觉是明亮的，发现是独到的，想象是无限的。诗歌的语言优美，灵动，它可以使语言的创造性发挥到最完美的程度，产生无限的想象空间。

　　诗歌，来源于生活。阅历多了，经验就丰富了，底蕴就深厚了。甜蜜与苦涩，就能从诗歌的分行中呈现出来。诗人赖内·马利亚·里尔克说："诗并不像人们所想的那样，不是感觉，而是经验。为写一首诗，要认识动物，要感受鸟儿如何飞翔，要知道小小花朵以怎样的姿态在清晨开放。只有当回忆成为我们的血，成为眼神和表情，一首诗的第一字才在某个特殊的时刻走出来。"

　　同时，我认为，一个诗人，还要有大气的胸怀，有真、善、美的品格和高尚的文学修养。我写诗，是想用最美的文字，去展示人世间留下的划痕和光辉，透过萤火虫的光，慢慢品尝、咀嚼柔弱的生命之美。

　　我想用诗歌描绘从大山里爬出来的影子，也有广阔的宇宙，也可以搬走荆棘丛生的杂草，栽下一朵芬芳的玫瑰。

　　我更想用有限的露水，缔造一杯醇香的美酒。

李福坚

2022 年 1 月于连山边城深夜

图书在版编目（CIP）数据

大风过后，选择沉默 / 李福坚著. -- 武汉：长江
文艺出版社，2023.1
ISBN 978-7-5702-2908-6

Ⅰ. ①大… Ⅱ. ①李… Ⅲ. ①诗集－中国－当代
Ⅳ. ①I227

中国版本图书馆 CIP 数据核字（2022）第 164425 号

大风过后，选择沉默
DAFENG GUOHOU XUANZE CHENMO

责任编辑：谈　骁　　　　　　　　责任校对：毛季慧

封面设计：胡冰倩　　　　　　　　责任印制：邱　莉　　王光兴

出版：长江出版传媒　长江文艺出版社

地址：武汉市雄楚大街 268 号　　　　邮编：430070

发行：长江文艺出版社

http://www.cjlap.com

印刷：湖北新华印务有限公司

开本：880 毫米×1230 毫米　　　1/32　　　印张：4.75　　插页：4 页
版次：2023 年 1 月第 1 版　　　　2023 年 1 月第 1 次印刷
行数：2520 行

定价：58.00 元
